Alles mit den Augen

MARTIN GRIGAT

Alles mit den Augen

Erzählungen

Bibliografische Information der Deutschen Nationalbibliothek:
Die Deutsche Nationalbibliothek verzeichnet diese Publikation
in der Deutschen Nationalbibliografie; detaillierte bibliografische
Daten sind im Internet über http://dnb.dnb.de abrufbar.

© 2019 Martin Grigat
Grafik: Veronika 7833/ Tom Gowanlock/ igorstevanovic/ Serhii
Rudyk/ Gabarrella fotograf/ Shutterstock.com
Satz, Umschlaggestaltung, Herstellung und Verlag:
BoD – Books on Demand, Norderstedt

ISBN: 978-3-7481-7749-4

Inhalt

Einfallswinkel
ist gleich Ausfallswinkel

Zuerst will ich erklären, warum dieser Titel. Bevor ich an multipler Sklerose erkrankte, habe ich gerne Billard gespielt. Im Grunde ist Billard Mathematik. Das soll nicht heißen, dass ich besonders gut in Mathematik wäre. Aber man muss eigentlich nur erkennen, wie sich mehrere Kugeln zueinander verhalten. In dem Wörtchen »nur« liegt aber auch das Geheimnis. Richtig gute Spieler, die mehrere Stunden täglich trainieren, können den zeitgleichen Lauf von mehreren Kugeln vorhersagen.

Man kann also alles berechnen. Wenn eine Kugel an eine Bande schlägt, kommt sie im gleichen Winkel zurück.

Aber das hier soll kein Fachbuch werden, und bevor die Nichtinteressierten einschlafen, die Interessierten dafür ihre Hände über dem Kopf zusammenschlagen, weil ich anfange, Blödsinn zu reden, höre ich lieber auf.

Mein Leben
hat sich sehr verändert

Früher waren meine Leidenschaften Handball, Billard, Bowling und Computer, plötzlich konnte ich das alles nicht mehr. Handball und Bowling sind zu körperlich, Billard und Computer zu filigran, jedenfalls, was ich am Computer so gemacht habe. Ich habe nach Bedarf selbst am Computer herumgeschraubt. Besonders das Innenleben mit seinen diversen Steckern und Kabeln ist eine echte Fummelarbeit. Ich habe zu Beginn versucht, damit weiterzumachen, aber das Ganze war extrem schwierig. Selbst ich, der ziemlich geduldig ist, wurde nervös, wenn das verdammte Kabel nicht auf den Stecker wollte.

Ich habe eine Alternative gefunden. Seit Kurzem habe ich einen Computer, den ich mit meinen Augen bedienen kann. Ich war oft im Krankenhaus und habe dabei einiges erlebt. Diese Erlebnisse habe ich aufgeschrieben. Um dieses Buch aufzulockern, flechte ich sie hier von Zeit zu Zeit ein.

Zwar ist dies kein Ersatz für ein Handballspiel (das ich wirklich vermisse), aber es gibt mir die Möglichkeit, meine Erlebnisse zu verarbeiten.

Herr Müller
und die Schranktür

Eine höhere Macht war der Meinung, dass es besonders witzig wäre, wenn ich Multiple Sklerose bekäme.

Ich bekam die Diagnose 2003. Damals war ich dreißig. Ich bin im Laufe der Zeit häufiger im Krankenhaus gewesen. Es wurde immer versucht, mich in einem Einzelzimmer unterzubringen. Das war aber nicht immer möglich. Davon handelt diese Geschichte.

Einmal war ich mit einem Mann auf dem Zimmer, der unter Alzheimer im Frühstadium litt. Ich habe bei ihm immer von Herrn Müller gesprochen, um seine Anonymität zu wahren, aber hauptsächlich, weil ich mir mit dem Namen nicht ganz sicher bin.

Die Schränke im Krankenhaus waren abschließbar. Ich ließ meinen immer offen, aber er schloss seinen immer ab.

Einmal wachte ich von einem lauten Poltern auf. Herr Müller versuchte seinen Schrank aufzuschließen. Er verwendete dafür aber nicht den Schrankschlüssel, sondern einen anderen. Natürlich hatte das nicht funktioniert, was er mit einem lauten Fluchen quittierte.

Ich sagte zu ihm: »Lass gut sein. Du kannst heute sowieso nichts machen.«

»Das stimmt«, sagte er, »aber gleich morgen rufe ich den Schlosser an. Es ist typisch, dass ich den Schrank mit einem defekten Schloss erwische.«

Die Gedanken der anderen

Oftmals steht man vor der Herausforderung, zu erkennen, was das Gegenüber denkt. Am einfachsten wäre es, wenn es das denkt, was man weiß.

Da jede Person ein individuelles Wesen ist, besteht die Aufgabe darin, ihr meine Meinung so zu verkaufen, dass sie davon überzeugt ist. Am einfachsten erreicht man das, wenn das Ganze von ihr kommt. Aber sehr oft teilt mein Gegenüber nicht meine Meinung. Was tut man dann? Ich habe die Erfahrung gemacht, dass man der Person das Gefühl geben muss, dass alles von ihr kommt. Ein Beispiel: Die Person möchte einen Schrank an der Wand B aufbauen, ich würde aber die Wand A bevorzugen, dann versuche ich sanft zu überzeugen. Ich behaupte einfach: »Oder wir probieren es so, wie du sagst, und bauen ihn dann eventuell doch an der Wand A auf.« Damit gebe ich ihr was zu grübeln, zeige aber gleichzeitig meine Bereitschaft, Fehler einzugestehen.

Interessant wird es, wenn man eine Gruppe vor sich hat. Das erfordert einiges an Fingerspitzengefühl. Schön ist es, wenn man der Gruppe das Gefühl gibt, etwas zu tun, was sie will. Man darf nicht offensichtlich der Chef sein. Man muss die

Überzeugung geben, dass man lediglich ein Teil der Gruppe ist. Damit umgeht man manche Probleme.

Die Nachtwache

Ich lebe in einem Pflegeheim. In letzter Zeit war ich häufiger im Krankenhaus. Da habe ich viele verschiedene Nachtwachen kennengelernt. Eines muss ich sagen: Egal ob Krankenhaus oder Pflegeheim, vor den Nachtwachen habe ich den größten Respekt. Wer denkt, die Nachtwache hat einen easy Job, der täuscht sich. Neben der Betreuung ihrer eigenen Patienten muss sie auch auf anderen Stationen aushelfen. Sie muss die Arbeit, die am Tag von mehreren Personen erledigt wird, allein bewältigen. Und sie muss zu fast allen Problemen eine Lösung parat haben. Am besten muss sie an mehreren verschiedenen Orten gleichzeitig sein. Sie hat nur selten jemanden, den sie um Rat bitten kann.

Ich bewundere die Ruhe, die sie hat. Sie schafft es durch ihre entspannte und einfühlsame Art, beruhigend zu wirken.

Ein Nickerchen am Nenster

ein Dad hatte viele gute Sprüche auf Lager. Wahrscheinlich habe ich daher meine Sprachgewandtheit. Es gibt allerdings eine Sache, die hat für eine Menge Verwirrung gesorgt. Mein Dad lebte eine Zeitlang im Trump-Land (Amerika). In Chicago (wo er wohnte) wird anscheinend kein weiches »th« gesprochen. Als ich mit ihm Englisch übte, ging ich am nächsten Tag stolz zur Schule. Dann musste ich feststellen, dass vieles von dem Gelernten zumindest fragwürdig war. Alle Worte mit »th« hatte ich falsch ausgesprochen. So sprach ich zum Beispiel das Wort »three« wie Baum, also »tree«, aus. Da war mein Stolz nicht mehr so groß.

Ach so, die Erklärung, warum ein Nickerchen am Nenster: Immer wenn mein Dad zu Hause war und man kam dazu und fragte ihn, was er gemacht hat, bekam man diese Antwort. Ich habe erst nicht verstanden, was es heißen soll. Dann habe ich den Witz begriffen.

Tommy und Taffy

Wir hatten eine Katze, Tommy. Dann kam noch ein kleiner Hund dazu, Taffy. Eine Szene ist unvergessen.

Also, Taffy war neu. Und so, wie es bei jungen Hunden häufig vorkommt, hörte er erst mal nicht auf seinen Namen.

Wir standen in unserer Straße, Tommy saß daneben und hatte sich das ganze Schauspiel angesehen. Taffy lief die Straße runter, und wir riefen ihn. Er lief und scherte sich nicht um uns. Wir riefen und er lief, er lief und wir riefen.

Dann kam das Unvermeidliche: Tommy bekam ihren »Einsatzbefehl«.

Sie rannte daraufhin zu Taffy, hieb ihm mit ihrem Pfötchen über sein Schwänzchen. Worauf Taffy zu Frauchen rannte, und Tommy ging mit breiter Brust hinterher.

Ich habe immer behauptet, dass ich nur mit Tommy drohen musste, aber vielleicht hat er mich auch nicht verstanden.

Agranulosytose

Ich war fünfzehn Jahre alt. Es war an einem warmen Sommertag. Ich hatte eine kurze Hose an, und Taffy saß auf meinem Schoß. Als er runtersprang, hatte ich blaue Flecken. Zuerst dachte ich: Er hat was am Pfötchen. Dann sah ich, dass ich auch an den Unterarmen blaue Flecken bekam. Ich ging zum Arzt. Er nahm mir Blut ab und stellte fest, dass ich nur noch 20.000 Thrombozyten statt der üblichen 150.000 hatte. Er schickte mich zum Blutspezialisten. Dort wurde festgestellt, dass es an einem Mittel lag, das sich Metamizol nennt. Man findet es in fast allen Grippemitteln. Von da an habe ich fast nichts mehr davon genommen. Ich habe aber festgestellt, dass man fast nichts benötigt.

Mein erster Job

Als ich sechzehn Jahre alt war, hat mir ein Kumpel einen Job bei einer Firma in meiner Nähe verschafft. Dort musste ich Aluminiumprofile vorschrauben. Für diese Arbeit wird definitiv nicht viel Gehirn benötigt. Darum war auch neben dem Eingang eine Tonne, da konnte man es reinschmeißen und nach der Arbeit wieder rausholen. Angeblich hat einer vergessen, es rauszuholen, und er soll heute noch orientierungslos durch Oyten gehen.

Damals waren wir drei Mann. Die Aluminiumprofile waren so scharf, dass sie die Lederhandschuhe zerschnitten. Wir haben uns dann aus Schaumstoff so eine Art »Überzieher« gebaut.

Meine Ausbildung

Nach meinem ersten Aushilfsjob machte ich eine Ausbildung zum Industriekaufmann.

Das Einzige, was es aus dieser Zeit zu berichten gibt: Ich habe es geschafft, das Unternehmen in die Pleite zu führen.

Anschließend war ich zur Grundausbildung bei der Bundeswehr. Da der Wehrsold doch ziemlich niedrig war, nahm ich einen Job in einem großen Kaufhaus in der Schuhabteilung an.

Dazwischen machte ich mein Fachabitur. In den Ferien arbeitete ich als Kommissionierer.

Nach meiner Grundausbildung war ich gezwungen, mir eine neue Arbeit zu suchen, denn, wie gesagt, mein Ausbildungsbetrieb ging leider pleite.

Ich wurde gefragt, ob ich eine Kindermannschaft betreuen wolle. Eine Sache, zu der ich richtig Lust hatte.

In dem Kaufhaus fragte man mich, ob ich mir vorstellen könnte, dort nach meiner Bundeswehrzeit in der Verwaltungskasse anzufangen.

Perfekt! Keine Bewerbungen und all der Stress.

Außerdem konnte ich mich so den wirklich interessanten Dingen widmen. Für einen Ort in unserer Gegend entwickelte ich eine Datenbank für ein Kinderferienprogramm.

Damals übernahm ich als Handballtrainer eine Damenmannschaft in einem anderen Verein. Zu der Zeit fingen auch meine Kniebeschwerden an. Als Handballer war ich das eigentlich gewohnt. Der Unterschied: Normalerweise gingen sie wieder weg. Die aber blieben.

Ich begann meine neue Anstellung. Es war mir möglich, einige interessante Kontakte zu knüpfen.

Ich hatte etwas gespart, sodass ich meine Anstellung kündigen und ein Studium beginnen konnte. Meine Vorstellung war eigentlich die, dass ich genug gespart hätte, um einige Jahre in Ruhe studieren zu können. Das war ein ziemlicher Irrtum. Schon nach kurzer Zeit musste ich mir einen Nebenjob suchen. Den fand ich bei einer Firma in Achim. Dort fing ich als Assistent des Administrators an.

Schon wenige Tage, nachdem ich dort angefangen hatte, teilte mir der Administrator mit, dass er gekündigt habe und morgen nicht mehr komme. Wenn ich Fragen hätte, solle ich sie jetzt stellen. Ich war sprachlos!

So hatte ich also eine sichere Anstellung gekündigt, um studieren zu können, und gleich mein erster Nebenjob war ein »Volltreffer« ...

Was sollte ich jetzt machen? Entweder ich kündigte auch und nach mir die Sintflut (was aber gar nicht meine Art ist), oder ich nahm die Herausforderung an.

Es war so, dass ich viele neue Aufgaben hatte. Ich musste mir einiges anlesen, aber daraus lernt man ja auch.

Der neue Administrator hatte es nicht leicht (was nicht meine Absicht war). Aber da es doch ziemlich lange gedauert hat, bis er anfing, haben die Mitarbeiter teilweise gewartet, bis ich Zeit hatte.

Beim Handballtraining konnte ich nicht mehr laufen, sondern humpelte nur noch. Ich ging dann zum Orthopäden. Aber der konnte nichts finden. Ich habe ernsthaft darüber nachgedacht, ob ich mir das alles nur einbilde.

Dann hatte ich das Problem, wenn ich zum Beispiel morgens einkaufen fuhr, stieg ich torkelnd aus dem Auto. Wer mich dabei sah, dachte bestimmt, ich sei schon morgens betrunken oder, was viel schlimmer ist, ich würde betrunken Auto fahren.

Beruflich schrieb ich zu der Zeit für eine Firma, die mehrere Niederlassungen in Deutschland hat, eine Datenbank.

Gleichzeitig gestaltete ich für ein E-Werk in

unserer Nähe mit zugehörigem Hallenbad den Internetauftritt. Dabei konnte ich auch dem Hallenbad einen neuen Namen und ein neues Logo geben.

Bundeswehr

Überraschend kam die Einberufung. Na ja, ganz überraschend nicht. Eigentlich hatte ich damit gerechnet. Es war nur blöd, dass meine Einheit so weit weg war. Eine kämpfende Einheit: Ich hatte meine Grundausbildung beim Panzerheer in Lüneburg. Wir mussten jede Woche für ein paar Tage draußen übernachten. Da ich meine Grundausbildung in den Monaten Januar bis März machte und es in dem Jahr viel schneite, habe ich das Ganze damals verflucht. Aber im Nachhinein war es doch eine ziemlich geile Zeit.

Allerdings nicht für alle in der Truppe: Eine arme Sau hatte ihren Antrag auf Zivildienst zu spät gestellt. Da der Mann keine Waffe tragen durfte, musste er, wenn wir etwa beim Waffenreinigen waren, den Hof fegen. Er nahm auch an allen unseren Biwaks teil. Allerdings hatte er nur einen Besenstiel geschultert. Wir waren immer im Lüneburger Forst. Dort wimmelt es von Wildschweinen. Auch wenn unsere Waffen nur mit Platzpatronen geladen waren: Wenn man in der Schützenstellung liegt und eine Rotte Wildschweine vorbeikommt, gibt das doch mehr Sicherheit als ein Besenstiel. Zumindest macht es Krach und nicht nur peng, peng.

Vor unserer Tür war eine asphaltierte Teststrecke. Wenn ein Leopard-2-Panzer aus der Werkstatt kam und er getestet wurde, war er in der Lage, aus dem Stand auf 80 km/h zu beschleunigen. Wirklich beeindruckend.

Unter uns war ein Schütze (niedrigster Dienstgrad) mit dem genialen Namen Gewitter. Normalerweise nenne ich nicht die wirklichen Namen. Aber der ist so geil, mir glaubt sowieso niemand, dass ich mir den nicht ausgedacht habe.

Der Typ hatte jedenfalls die Angewohnheit, immer seine Waffe irgendwo im Wald abzustellen. Natürlich vergaß er dann, sie wieder mitzunehmen. So ging er etwa nachts in den Wald, um sich zu erleichtern. Als ein anderer danach denselben Weg antrat und wiederkam, sagte er: »Ich habe da eine Waffe stehen sehen.« Das löste eine ziemliche Panik bei ihm aus. Er rannte sofort los!

Eine andere erwähnenswerte Geschichte: In unserer MG-Stellung lag ein Kamerad von mir. Auf einmal schoss er los. Selbstverständlich kam unser Gruppenführer gleich gelaufen und fragte, warum er geschossen habe. Er sagte: »Ich war der Meinung, da ist was, ich habe mich aber getäuscht.«

»Dann hören Sie doch um Himmels willen auf zu schießen«, sagte der Gruppenführer.

»Es geht nicht, es macht mir so Spaß.«

So schaffte der Kerl es tatsächlich, unsere Munition von mehreren Tagen zu verballern.

Und noch ein anderes Ereignis: Unser Gruppenführer sollte uns mit Karte und Kompass zu unserem Zielpunkt bringen. Leider verlief er sich so hoffnungslos, dass wir an Bäume gelehnt übernachten mussten.

Ansonsten gab es in der Zeit unheimlich viel Situationskomik, die man nur schlecht wiedergeben kann.

Die Erkrankung

Für mein Studium habe ich zu wenig Zeit investiert (denn auch mein Tag hat nur 24 Stunden). Ich konnte ziemlich schnell mit zehn Fingern auf der Tastatur schreiben. Wenn ich müde war (was auch ziemlich schnell passierte), konnte ich teilweise nur noch mit einem Finger schreiben.

Könnt ihr euch vorstellen, wie ätzend es ist, wenn man den gewünschten Buchstaben auf der Tastatur vor sich hat, und man bekommt seine Hand nicht auseinander?

In der Handballsparte meines Vereins war ich sehr engagiert. Wir haben oft zusammengesessen, weil wir ein großes Turnier mit Übernachtung für August 2003 geplant hatten.

Dann kam das Handballturnier! Es war für mich ziemlich anstrengend. Nach dem zweiten Tag kam ich fast nicht mehr zu meinem Auto. Ich fuhr nach Hause und legte mich hin, in der Hoffnung, dass es am nächsten Tag wieder besser ginge. Denn ich war fest davon ausgegangen, dass ich einfach ein bisschen Schlaf brauchte. Das hatte ja immer geholfen. Dass so eine dämliche Krankheit dahintersteckt, war mir in dem Moment noch nicht klar.

Als ich am nächsten Morgen aufwachte, stand ich in Gedanken versunken auf, aber schon nach wenigen Schritten wurde mir klar, dass etwas nicht stimmte. Ich ging dann zu meinem Hausarzt. Als er sah, wie ich in seine Praxis torkelte, befürchtete er etwas Ähnliches und überwies mich ins Krankenhaus. Dort wurden einige Tests gemacht, Liquor entnommen und ein MRT durchgeführt. Danach wurde mir mitgeteilt, dass ich MS habe.

Zwar kannte ich die Krankheit, aber die Auswirkungen waren mir nicht klar. Ein Arzt sagte mal zu mir: MS verkürzt zwar nicht die Lebenserwartung, es schränkt aber die Lebensqualität gewaltig ein. So ein Mist!!

Ich hatte mit vielem gerechnet, aber mit so was nicht. Für mich stellte sich die Frage, was ich noch alles machen kann. Mittlerweile habe ich eine Menge erlebt und kann sagen, dass fast alles möglich ist. Sicher, man hat einige Einschränkungen, es gibt aber nichts, was einen verzweifeln lassen muss.

Es wurde festgestellt, dass ich eine Form der MS habe, die von Anfang an schleichend verläuft. Es gibt also keine Schübe, sondern ein langsames Voranschreiten. Zunächst habe ich versucht, alles so zu handhaben wie immer, aber es wurde sehr schwierig. Neben den Bewegungsschwierigkeiten sind vor allem die Koordinationsschwie-rigkeiten ein Riesenproblem. So konnte ich zum Beispiel nach ein paar Jahren nicht mehr mein Hemd zuknöpfen. Ich habe mir dann angewöhnt, schicke Pullover zu tragen.

Auch das Essen mit normalem Besteck wurde sehr schwer. Da ich extrem lange brauchte, um mich allein zu waschen, mussten wir den Pflegedienst in Anspruch nehmen, zunächst zweimal täglich. Sehr viel Unterstützung bekam ich von meinen Eltern. Sie waren eine große Hilfe.

Es ist ziemlich erschütternd, dass plötzlich Dinge nicht mehr gehen, die vorher ganz selbstverständlich waren.

Ich wollte es nicht wahrhaben, also nutzte ich jede Möglichkeit, die mir Hilfe versprochen hat. So kaufte ich mir für viel Geld ein Magnetkissen. Ich hätte das Geld auch an die Wand kleben können, der Effekt wäre der gleiche gewesen. Als Nächstes schaffte ich mir ein Programm an, mit dem ich den Computer durch Sprache steuern konnte.

Da diese Software doch ziemlich teuer ist, bekam ich finanzielle Unterstützung von einem Förderverein. Leider wurde mein Sprechen zu undeutlich, um damit einen Computer zu steuern.

Da meine Schwester auch MS hat, wollte uns

Professor Heidenreich gemeinsam in Hannover sehen. Er wollte sich davon überzeugen, dass es keinen familiären Zusammenhang gibt.

Herr Müller
und die Wanderschaft

Solange die Tür geschlossen blieb, war alles in Ordnung. Aber wenn zum Beispiel die Nachtschwester kam, konnte Herr Müller sehen, wo er lang musste. Die Nachtschwester kam, wünschte eine gute Nacht und schloss die Tür.

Das war das Startsignal für Herrn Müller. Er taperte zu der Stelle, wo das Loch in der Wand war, und fand die Tür. Er öffnete sie und ging auf den Flur. Ein paar Sekunden später war die Nachtschwester wieder da. Diesmal mit Herrn Müller am Arm, und sie brachte ihn ins Bett. Sie sagte: »Und hier ist Ihr Bett.« Nachdem sie uns nochmals gute Nacht gewünscht hatte, schloss sie die Tür und verschwand.

Herr Müller hatte aus seinen Fehlern gelernt und latschte nicht wieder gleich los, sondern wartete einen Moment. Aber nicht lang genug. Er ging also los. Kurze Zeit später kam er zurück, geführt von der Nachtschwester. Sie brachte ihn ins Bett. Nachdem sie gute Nacht gewünscht hatte, schloss sie die Tür und ging. Herr Müller stand auf und ging hinterher. Kurze Zeit später kam er zurück, geführt von der Nachtschwester. Dieses

Schauspiel wiederholte sich noch ein paarmal. Bis die Nachtschwester keine Lust mehr hatte. Sie kam dann auf die Idee, das Bettgitter hochzuziehen. Dazu muss man wissen, dass es der Person im Bett eigentlich unmöglich war, das Gitter runterzulassen. Wie gesagt, eigentlich. Die Konstrukteure hatten nicht bedacht, dass ein Herr Müller im Bett liegt. Zehn Minuten lang hörte man Geräusche und Gefluche. Dann ließ er das Gitter hinunter. Er krabbelte aus dem Bett und ging über die Trümmer hinaus auf den Gang.

Natürlich kam er kurz danach zurück. Die Nachtschwester brachte ihn zurück ins Zimmer, wunderte sich über den Schrott am Boden, murmelte: »Wie haben Sie das geschafft?«, und wollte ihn ins Bett bringen.

Da sagte Herr Müller: »Ich bin aber noch überhaupt nicht müde.«

»Also gut«, sagte die Nachtschwester, »Sie setzen sich auf die Bettkante, und ich sehe immer wieder nach Ihnen.«

»Das geht nicht«, sagt er, »dann beißt mich doch der Hund.«

»Aber Herr Müller, Sie sind hier im Krankenhaus. Wir haben keinen Hund.«

»Ach so.«

Kurz danach schlief er ein, und es endete eine ereignisreiche Nacht!

Hallo!

Einmal war ich in einem anderen Krankenhaus. Ich lag so in meinem Bett, etwas gelangweilt. Da war ich der Meinung, ich hörte jemand rufen. Erst machte ich mir Sorgen, dass mein Gehör auch in Mitleidenschaft gezogen sei, aber dann fragte ich eine Schwester, und die sagte zu mir: »Nebenan ist eine Frau, die hat Angst, dass sie vergessen wird. Deshalb ruft sie die ganze Zeit.«

Puuh, da war ich aber froh.

Mitoxantron

Der Arzt machte ein paar Tests und führte einige Gespräche. Dann schloss er einen familiären Zusammenhang aus. Ich blieb noch etwas länger und bekam ein Mittel, das nennt sich Mitoxantron und wird eigentlich bei Brustkrebs eingesetzt. Es hat sich jedoch auch bei der Form der MS, die ich habe, als wirksam erwiesen. Also überall, aber nicht bei mir.

Ich fuhr alle sechs Wochen nach Hannover. Das Ganze geht ziemlich ans Herz. Darum wurde auch immer vor der Gabe mein Herz untersucht. Es gibt eine sogenannte Lebensdosis.

Als ich die erreicht hatte, war mein Herz nicht mehr in Ordnung. Aber da die Wirkung gleich null war, hatten wir sowieso aufgehört.

Fotokopf

Ich habe einmal bei einem Unternehmen in der Verwaltungskasse gearbeitet. Dort haben wir uns auch um Probleme an den Kassen gekümmert.

Einmal wurde ich an eine Kasse gerufen, weil ein Kunde nicht mit seiner Kreditkarte bezahlen konnte. Ich stellte fest, dass es stimmte: Die Kreditkarte war gesperrt. Ich rief dann bei dem Kreditkartenunternehmen an.

Sie teilten mir mit, dass der Kredit hoffnungslos überzogen sei und ich die Karte vor den Augen des Kunden durchschneiden solle.

Eine nicht so angenehme Aufgabe. Anschließend sollte ich ihnen die zerstörte Karte zuschicken. Selbstverständlich habe ich es gemacht. Ich habe also eine Schere genommen, die Karte durchgeschnitten, mir einen Briefumschlag genommen, die Anschrift des Kreditkartenunternehmens draufgeschrieben, die zerstörte Karte eingetütet und an die Versandabteilung gegeben.

Mit der dann folgenden Reaktion habe ich nicht gerechnet.

Der Besitzer der Kreditkarte, ein schlecht Deutsch sprechender Ausländer, sah mir tief in die Augen und sagte: »Ich habe dein Bild in Kopf wie Foto.«

Und obwohl ich normalerweise nicht ängstlich bin, habe ich mich nach Feierabend auf dem Weg zu meinem Auto häufiger umgedreht. Als ich dann zu Hause war, war ich doch sehr glücklich.

Mein Leben im Pflegeheim

Um es gleich zu sagen: Als ich vor einem Jahr ins Pflegeheim musste, war ich erst sehr unglücklich. Es ist aber so, dass es hier alle ziemlich angenehm gestalten. Trotzdem ist es immer noch ein Pflegeheim. Soll heißen, wenn das Pflegepersonal um zwanzig Uhr Feierabend macht, dann gehen alle nach Hause und werden wahrscheinlich nicht mehr daran denken, dass an ihrem Arbeitsplatz bereits seit einer Stunde jemand im Bett liegt. Am Ende des Tages ist es auch nur ihr Job.

Für mich war die Beschränkung der Individualität ein großes Problem! Viele Dinge werden mir vorgegeben. Sachen, um die ich mich selbst kümmern musste. Das heißt, es wird für mich natürlich nicht entschieden (ich bin ja nicht unmündig), aber wenn ich zum Beispiel sage, dass ich zur Vorsorge zum Zahnarzt möchte, wird ein Termin gemacht und ein Taxi bestellt. Klasse, aber eben auch bequem.

Wir haben uns damals bewusst für dieses Pflegeheim entschieden. Hier sind sämtliche Therapien im Hause, und man kann auch sonst an einer Menge Veranstaltungen teilnehmen. Der

Nachteil: Es liegt total weit weg vom Schuss. Oder wie es heißt: Das Pflegeheim liegt nicht am Arsch der Welt, es liegt noch zwei Ärsche weiter.

Abschließen möchte ich mit einem Spruch aus dem Spanischen: Así es la vida!

Herr Müller
und das doppelte Lottchen

Einmal kam der Spätdienst und machte Herrn Müller »bettfertig«. Das heißt, die Straßenhose wurde in den Schrank gehängt, und die Schlafanzughose wurde angezogen, den Rest sollte er alleine schaffen. Nachdem der Spätdienst weg war, stand er auf und zog sich wieder an. Er holte also seine Hose aus dem Schrank, seine Socken und alles andere. Er zog sich wieder an. Allerdings hatte er vorher seine andere Kleidung nicht ausgezogen, er zog die Sachen einfach darüber.

So bereit, ging er auf den Flur. Als er kurz danach vom Spätdienst zurückgebracht wurde, haben sie sich gewundert, dass er alles doppelt anhatte.

Seine Bemerkung, dass man das im Moment so trage, fanden sie nicht lustig, sondern sprachen nur davon, dass sie nun später Feierabend hätten. Schade.

Morgen, heute, gestern

Als ich neulich mit dem Auto fuhr, dachte ich darüber nach, wie wohl das Autofahren in der Zukunft aussieht.

Zunächst fährt man nicht mehr, sondern man fliegt. Statt eines Lenkrads gibt es vielleicht nur noch einen Steuerknüppel. Einen Blinker braucht man dann auch nicht mehr. Überhaupt ist die gesamte Bedienung nur noch rudimentär. Vielleicht gibt man nur noch das gewünschte Ziel an, und der Wagen sucht sich den besten Weg.

Das gesamte Auto ist sehr bequem. Man kann alles durch Sprache steuern. Wenn man am gewünschten Ziel ankommt, steigt man aus, und der Wagen sucht sich eine Parkmöglichkeit. Selbstverständlich spielt das Auto auch immer die Lieblingsmusik.

Unfälle gibt es nicht mehr. Die Autos sind alle elektronisch. Sie holen sich die notwendige Energie von der Sonne, sind also solarbetrieben.

Wenn man das Auto benötigt, gibt es zum Beispiel an der Armbanduhr einen Schalter, mit dem man es rufen kann.

In dieser Zeit muss man auch keine Lebensmittel mehr einkaufen. Der Kühlschrank hat festgelegte Ist-Bestände, die selbständig bestellt und aufgefüllt werden. Alles wird online bestellt. Möbel, Kleidung und so weiter. Am Beginn dieser Zeit sind wir ja schon jetzt.

Je mehr ich darüber nachdenke, umso mehr komme ich zum Schluss, dass es, wenn die Autos fliegen, am Himmel genauso voll werden wird wie jetzt auf den Straßen. Wahrscheinlich entscheidet man dann selbst, ob man fährt oder fliegt.

Es gibt interessante Versuche, bei denen Pizzen von einem selbstfahrenden Auto ausgeliefert werden. Die Pizza wird in einem Wärmefach ausgeliefert, das der Empfänger durch Bezahlen mit der Kreditkarte öffnet.

Der Chef
und seine drei Beschützer

Eines Tages, als das Herrchen Dirk mit seinen drei Hunden Jeanny, Fiby und Tascha spazieren ging, kam ein Räuber und rief: »Halt, Überfall!«

Die Hunde bellten und knurrten, was das Zeug hielt. Natürlich kann so ein kleiner Hund einen erwachsenen Räuber nicht beeindrucken, aber der Räuber hatte die Macht der drei unterschätzt. Jeanny zog an dem einen Hosenbein und Fiby an dem anderen. Dadurch fiel der Räuber auf den Rücken. Dann griff auch noch Tascha ein. Sie zerrte an dem Oberteil. Jetzt konnte Dirk in aller Ruhe die Polizei rufen. Sie lachten, als sie sahen, von wem der Räuber in Schach gehalten wurde. »Das hätte er sich wohl nicht träumen lassen, dass ihn mal so kleine Hunde bändigen.«

Es waren drei kleine Bolonka-Zwetna-Hündinnen!

Die Prinzessin
und das Blumenfeld

Einst lebte der König Klaus. Der besaß ganz viele Ländereien. Unter anderem auch ein riesiges Blumenfeld.

Jeden Tag kam die Tochter des Königs vorbei, um sich darin zu sonnen.

Was sie nicht wusste: Sie wurde die ganze Zeit von Alfred, dem Sohn des Gutsverwalters, beobachtet. Die Prinzessin kam jeden Tag, um sich ins Feld zu legen.

Der Bauer kam vorbei, um das Feld umzupflügen. Da kam Alfred gelaufen und rief: »HALT!! Nicht umpflügen. Darin sonnt sich immer die Prinzessin!«

Gemeinsam überlegten Alfred und der Bauer, was sie jetzt tun sollten. Der König hatte gesagt, das Feld soll umgepflügt werden. Aber auf der anderen Seite sonnte sich darin immer die Prinzessin.

Sie entschieden dann, dass sie dafür immer ein Stück Feld übrig ließen.

Als die Prinzessin davon erfuhr, war sie unheimlich dankbar und lud Alfred ein, sich mit ihr in ihrem Blumenfeld zu treffen. Das nahm er gerne an.

Von da an trafen sich die beiden regelmäßig. Und obwohl er nicht standesgemäß war, hat sich die Prinzessin in ihn verliebt. So kam es, dass Alfred ihr Ritter wurde.

Herr Lehmann
und das Gesundheitsamt

Er steht missgelaunt vom Küchentisch auf und geht zur Haustür.

»Wer stört mich beim Frühstück?«, grummelt er. Er öffnet die Tür.

Vor ihm steht der Briefträger und lächelt ihn an. »Guten Morgen, Herr Lehmann.«

Doch anstatt einer Antwort bekommt er die Post aus der Hand genommen, und »Rums!« knallt die Tür wieder zu.

Seit dem Tod seiner Frau macht er immer allein das Kreuzworträtsel und ist sehr verärgert, wenn er dabei gestört wird.

Also geht er zurück zum Tisch, macht das Rätsel zu Ende und trinkt seinen Kaffee aus.

Er öffnet die Post und wundert sich über ein Schreiben der Stadt. Darin wird er aufgefordert, bis um zwölf Uhr auf dem Gesundheitsamt zu sein.

Um rechtzeitig mit dem Bus dort zu sein, muss er gleich los. Also zieht er sich an und macht sich auf den Weg.

Bevor er die Straße erreicht, gönnt er sich den Spaß und winkt der Frau zu, die sich hinter der Gardine versteckt und glaubt, nicht gesehen zu werden.

Er steigt in den Bus und zeigt seine Monatskarte. Früher hatte er ein Auto, aber seit dem Tod seiner Frau lohnt es sich nicht mehr.

Er kommt beim Gesundheitsamt an und geht hinein.

»Guten Tag«, sagt er. »Ich habe heute dieses Schreiben bekommen. Was soll das bedeuten?«

»Sie machen doch regelmäßig einen Test mit Ihren Lungen, wegen Ihrer Schwerbehindertenrente. Leider gab es damit ein technisches Problem, sodass wir den Test wiederholen müssen«, sagt die Dame.

»Kein Problem«, antwortet Herr Lehmann. »Wann soll ich ihn machen?«

»Wenn Sie wollen, sofort.«

»Gern«, antwortet Herr Lehmann.

Wieder zu Hause angekommen, geht er erst mal auf den Balkon und raucht eine. Danach denkt er an seine Frau und genießt den Rest des Tages.

Am nächsten Morgen sitzt er beim Frühstück. Da klingelt es erneut an der Haustür. Wieder steht der Briefträger vor ihm und lächelt ihn an wie immer. »Guten Morgen, Herr Lehmann. Post für Sie.«

Die Post wird ihm wortlos aus der Hand genommen und die Tür zugeschmissen. Herr Lehmann öffnet den Umschlag. Schon wieder ein Schreiben vom Gesundheitsamt.

Darin wird er aufgefordert, einen Termin bei einem Lungenarzt zu machen. Er wählt die angegebene Telefonnummer. Noch für den gleichen Tag bekommt er einen Termin.

Also zieht er sich an, geht zur Straßenbahn, nicht ohne der Frau hinter der Gardine zuzuwinken.

Als er wieder nach Hause kommt, muss er sich erst mal setzen und über das Gehörte nachdenken. Was hat der Arzt gesagt? »Sie haben Lungenkrebs und nur noch sechs Monate zu leben.«

Das war ein Schock.

Jetzt muss er überlegen, was alles getan werden muss.

Als Erstes ruft er seinen Sohn an. Er hat schon seit Jahren keinen Kontakt mehr. Nur seine Frau hatte den Kontakt aufrechterhalten.

Er lebt in Paris. Wenn er darüber nachdenkt, wollte er schon immer mal dorthin.

Also ruft er seinen Sohn an. »Hallo, Klaus. Ich bin's, Papa. Nein, es ist alles in Ordnung. Ich möchte dich besuchen. Wann passt es? Nein, das stört nicht. Gut, dann gehe ich gleich ins Reisebüro. Sobald ich zurück bin, melde ich mich.«

Er geht ins Reisebüro, und anschließend ruft

er wieder seinen Sohn an. »Ich bin's, Papa. Ich habe für nächste Woche einen Flug gebucht. Ja, wir telefonieren.«

Als er am nächsten Morgen beim Frühstück sitzt, klingelt es erneut an der Haustür.

»Guten Morgen, Herr Lehmann«, sagt der freundliche Briefträger.

»Guten Morgen«, antwortet Herr Lehmann.

Der Briefträger ist so verdutzt, dass er vergisst, die Post loszulassen.

Die Bombe

Er hat mittlerweile fast alles zusammen. Die Anleitung hat er aus dem Internet. Den Ablauf hat er genau geplant. Was er nicht weiß: dass er die ganze Zeit beobachtet wird. Es gibt Menschen, die über seinen Internetzugang genau über sein Vorhaben informiert sind. Er hat sich in einem Forum anvertraut. Er dachte, er wäre sicher. Dass er von der Polizei beobachtet wird, ist ihm nicht klar.

Durch das Nennen einer Zutat kam er ins Visier der Spezialisten. Auch die Interessenten waren gefakt.

Es gibt einen großen Platz in seinem Ort. Bald findet ein Fest statt. Dann ist es dort sehr belebt. Der ideale Zeitpunkt. Erst wollte er über die Bombe ein Pulver verschütten lassen, dafür müsste es aber einen geschlossenen Raum geben. Und zum Beispiel eine U-Bahn gibt es nicht.

Dann hat er überlegt, als Selbstmordattentäter aufzutreten. Dafür hängt er aber zu sehr an seinem Leben. Ein solcher Anschlag ist zwar seiner Ansicht nach eine gute Sache, aber das ist es doch nicht wert.

Er ist in seiner Wohnung und sieht sich alles noch mal an. Wenn er jetzt alles komplett hätte, könnte er vor Aufregung wahrscheinlich nicht mehr bis zum Fest warten. Er will seiner Frau sagen, dass er einkaufen geht. Seine einzige Chance, aus dieser Hölle auszubrechen.

Manche interpretieren den Koran ganz anders als er. Über das Internet hat er Kontakt zum IS bekommen. Sie haben ihn auch darüber informiert, wie er den persönlichen Kontakt herstellt.

Jetzt muss er nur noch alles beisammen haben. Und bis zum Fest warten. Dann können viele Ungläubige erlöst werden.

Er wäre ins Ausland gefahren, aber das kann er seiner Frau nicht weismachen. Er geht auf den Marktplatz, ein großer Platz, auf dem viele Veranstaltungen stattfinden.

»Hallo Torsten«, sagt seine Nachbarin.

»Hallo«, antwortet er. Wenn die wüsste!

Er sucht nach einem geeigneten Ort für die Bombe. Mitten auf dem Platz gibt es einen Mülleimer, der könnte geeignet sein.

Er fragt sich, warum er noch nicht das Päckchen bekommen hat. Er braucht die Sachen, um die Bombe fertig zu bauen. Und um den Fernzünder zu bauen. Nun ja, wird wohl an der Post liegen.

Dass das Päckchen zurückgehalten wird, darauf kommt er nicht. Wenn er mal nachfragen würde, könnte er es sich ausrechnen. Er geht wieder auf den Marktplatz. Jetzt zum Beispiel wäre eine schlechte Zeit. Zu dem Zeitpunkt sind viele Kinder da. Ganze Schulklassen. Es wäre unmenschlich, darauf keine Rücksicht zu nehmen. Außerdem können Kinder noch nichts für die Fehler ihrer Eltern.

Als er die Wohnung verlässt, kommen mehrere Spezialisten. Sie überraschen seine Frau und geben ihr ein Zeichen zu schweigen. Sie gehen in sein Büro und stellen schon mal die Bombe sicher. Jetzt müssen sie nur noch abwarten.

Er bummelt bei dem Gedanken an das, was ihn zu Hause erwartet. Früher war seine Frau ganz anders. Zu der Zeit hatte er sich auch in sie verliebt. Sie hatte eine atemberaubende Figur. Und ein hübsches Gesicht. Das hat sie immer noch. Aber kurz nach ihrer Hochzeit wurde sie schwanger, und unmittelbar danach erlitt sie eine Fehlgeburt, und anschließend ließ sie sich ziemlich gehen. Von der ehemals tollen Figur blieb nicht viel übrig. Sie haben sich nicht mehr viel zu sagen.

Als er zu Hause ankommt, schließt er die Wohnungstür auf und geht in den Hausflur. Er ruft: »Hallo, ich bin wieder da!« Keine Antwort. Wahrscheinlich ist sie nicht da, denkt er. Für ihn ist das sehr gut. So kann er sich frei in der Wohnung bewegen, ohne Angst zu haben, ihr zu begegnen. Danach hat er jetzt keinen Bedarf. Er geht ins Wohnzimmer. Gedanklich ist Torsten nach wie vor bei der Bombe. Auf dem Tisch steht noch eine Schale mit Nüssen, daraus kann er sich jetzt bedienen, ohne sich Gemecker anzuhören. Ich müsste mir auch mal eine Schale anschaffen. Während er das denkt, geht er in sein Büro. Er öffnet die Schublade seines Schreibtischs.

Das gibt's doch nicht!, denkt er. Wo ist die Bombe?

Dann geht alles ziemlich schnell. Polizisten stürmen den Raum, und bevor er etwas sagen kann, wird er auf den Boden gedrückt ...

Die Balkontür

Sein Name ist Wolfgang Bergmann. Er ist in der Sporthalle und verfolgt ein Handballspiel. Irgendwie hat er das Gefühl, beobachtet zu werden.

Anschließend geht er noch in seine Stammkneipe, wo zwar alle Tische belegt sind, aber am Tresen ist noch ein Platz frei.

Er betrachtet die anderen Leute im Raum. An dem einzigen Tisch sind drei Stühle besetzt, am Billardtisch spielen zwei und daneben sitzen noch drei weitere Personen am Tresen.

Er bestellt sich ein Bier und eine Kleinigkeit zum Essen. Nachdem er sich einen Smalltalk gegönnt hat, bezahlt er und geht.

Zu Hause angekommen, stellt er fest, dass er die Balkontür aufgelassen hat. Normalerweise passiert ihm das nicht, aber einmal ist immer das erste Mal.

Er macht sich fertig und geht ins Bett. Er betrachtet den Nachtschrank. Normalerweise lässt er das Buch immer auf dem Schrank liegen, aber es fehlt. Irgendetwas stimmt nicht. In dieser Nacht schläft er schlecht.

Als er am nächsten Morgen aufwacht, geht er erst mal duschen und frühstückt dann. An seinen freien Tagen, wie heute, erledigt er seinen Einkauf und genießt den Tag.

Nachdem er wieder zu Hause ist, stellt er fest, dass die Balkontür offen steht.

Er will den Einkauf in den Kühlschrank stellen, da bemerkt er, dass das vermisste Buch auf dem Kühlschrank liegt.

Vom Einkauf ist er ziemlich kaputt, also legt er sich auf das Sofa und schläft sofort ein. Allerdings nur kurz, dann wird er von einem Poltern geweckt. Jemand hat seine Balkontür eingeschmissen. Die Fensterscheibe wurde mit einem Stein zerstört. Daran wurde ein Zettel befestigt. »Verschwinde!«, steht darauf.

Natürlich ruft er gleich die Polizei. Es kommen zwei Beamte und ein Kommissar, Schmidt.

Ob er eine Idee habe, wer dahinterstecken könne und was mit dem Zettel gemeint sei, fragte der. Bergmann hatte keinen Einfall. Und was er gestern gemacht habe.

Morgens war er auf dem Markt, danach hat er die Sporthalle aufgesucht und ein Handballspiel angeschaut. Dann hat er als Freiwilliger beim THW beim Aufbau einer Flüchtlingsunterkunft geholfen. Anschließend war er noch in seiner Stammkneipe.

Die Polizisten notieren alles und gehen. Kommissar Schmidt überprüft die Alibis. Anscheinend ist alles stimmig. Es kommt auch niemand für den Steinwurf in Frage. Und was mit dem Zettel gemeint war, bleibt immer noch unklar. Also geht Schmidt den gesamten Ablauf durch.

Als Erstes sieht er sich in der Sporthalle um. Es gibt niemanden, der sich an Bergmann erinnern kann. Dann geht er zum Markt. Dort hat Bergmann an zwei Ständen eingekauft.

Anschließend begibt er sich zum THW. Auch dort ist alles unauffällig. Lediglich einige Idioten beschimpfen die Helfer als schlechte Deutsche, die sich mehr um die Ausländer kümmerten als um das Wohl ihres eigenen Volkes.

Dann geht er zu Bergmanns Stammkneipe. Dort kann man sich gut an ihn erinnern.

Also geht Schmidt in sein Büro und denkt über die Ergebnisse nach. Irgendwo musste es einen Hinweis geben. Was hat er übersehen?

Er brüstet sich. Allerdings hat er eine andere Reaktion erwartet.

»Was hast du gemacht? Du bist wohl wahnsinnig geworden. Da kann doch jeder eine Verbindung zu uns herstellen.«

Leider muss er zugeben, dass er daran nicht gedacht hat. Na ja, was soll's? Es wird schon niemand auf sie kommen.

Kommissar Schmidt geht nochmals zum THW, da er noch ein paar Fragen hat.

»Hallo, Herr Kommissar. Sind Sie auch für den Brand zuständig?«

»Welcher Brand?«

»Bei uns hat es doch gebrannt! Das Asylheim wurde komplett zerstört.«

Kommissar Schmidt geht zur Flüchtlingsunterkunft. Es stimmt, ein Feuer hat den Großteil der Einrichtung zerstört. Die meisten Betten wurden Opfer der Flammen und die Decken sowieso. Und den Rest hat das Löschwasser übernommen.

Kommissar Schmidt überprüft die Unterkunft. Man kann deutlich erkennen, wo die Brandbeschleuniger platziert wurden. Auch die Stelle, von der aus gezündelt wurde, ist deutlich zu erkennen. Es sind auch Zigarettenstummel vorhanden. Von einer seltenen Marke. Er sammelt die Reste ein und lässt sie untersuchen.

Zurück im Büro setzt er sich mit seinem Kollegen, Obermeister Nielsen, zusammen. Sie überlegen, wie es weitergehen soll. Sie beschließen, dass Schmidt im Büro bleibt und einige Recherchen durchführt, während Nielsen zum THW geht. Es ist zwar der Brand dazugekommen, aber am Anfang war der Steinwurf und dieser ominöse Zettel.

Als Nielsen beim THW eintrifft, versucht er Informationen zu bekommen. Er erfährt einiges über den Ablauf und über die Ruhestörer. Sie gehören zu einer Gruppe Neonazis, die sich in einem leer stehenden Gebäude in der Nähe treffen. Nielsen beschließt, dort mal vorbeizusehen. Aber in Zivil. Man muss ja nicht unnötig provozieren!

Zurück im Büro sagt Schmidt: »Eigentlich würde ich ganz gerne gehen.«

»Dann mach es doch. Schließlich ist es dein Fall.«

Also geht Schmidt nach Hause und zieht sich etwas Ziviles an. Anschließend geht er zu dem Gebäude. Er hat schon einen Plan, wie er vorgehen wird.

Als er das Haus erreicht, sieht er zunächst, dass die Haustür offen steht. Eine schwere Eichentür, und dahinter ist eine Treppe sichtbar. Er begibt sich dorthin.

»Hallo!«, ruft er. »Ist hier jemand?«

»Einen Moment!«, ruft es freundlich zurück. »Ich bin gleich da!«

Oben an der Treppe taucht ein junger Mann auf. Aufgrund des Haarschnitts kann man sofort seine politische Einstellung erkennen.

»Mein Name ist Bodo Meier. Ich sehe schon, zu euch wollte ich«, sagt Kommissar Schmidt. »Hoffentlich kann man sich bei euch über das mittlerweile überhand nehmende Ausländerproblem unterhalten.«

»Da sind Sie hier genau richtig. Mein Name ist Eric«, sagt der junge Mann.

Zeitgleich findet im Polizeigebäude eine Pressekonferenz statt.

»Nein, Personen kamen nicht zu Schaden. Wir untersuchen gerade den Zusammenhang zwischen dem Brand und der Flüchtlingswelle. Bitte haben Sie Verständnis, dass wir beim derzeitigen Stand der Ermittlungen keine weiteren Auskünfte geben können. Danke.«

Auf dem Tisch liegen ein paar Zigaretten, unter anderem die beim Brand gefundene Marke.

»Früher, als ich noch geraucht habe, war das meine Lieblingsmarke«, so Schmidt. »Leider bekommt man sie nur selten.«

»Das stimmt«, sagt der Mann, der sich als Tom vorgestellt hat. »Ich habe hier einen kleinen Laden gefunden, der die Zigaretten führt. Dort kaufe ich sie immer.«

»Kann ich eine haben? Ich rauche sie dann später in Ruhe.«

»Ja, klar.«

Im Büro angekommen, gibt Kommissar Schmidt als Erstes die Zigaretten zur Untersuchung ab. Dann berichtet er seinem Kollegen Nielsen von den Ereignissen der letzten Tage. Dann sucht Nielsen den Laden auf, der die Zigaretten führt. Kommissar Schmidt bleibt im Büro, damit erst gar nicht die Gefahr besteht, durch Zufall einem Bekannten über den Weg zu laufen.

Nielsen findet heraus, dass Tom auch am Tag des Brandes Zigaretten gekauft hat. Jetzt muss Schmidt wieder zurück und noch mehr herausfinden.

Als er beim Haus ankommt, geht er an der offenen Tür vorbei und weiter zur Treppe. Er geht sie hinauf und biegt dann rechts ab. Dort steht er vor der Tür, hinter der sie gemeinsam gesessen hatten. Er klopft an.

»Bodo, das trifft sich. Von dir haben wir gerade gesprochen.«

Kommissar Schmidt rutscht das Herz in die Hose. Wurde er enttarnt? Und wenn ja, was ist schiefgelaufen? Er ist der Meinung, sie haben an alles gedacht.

»Die Ausländer sollen bei uns untergebracht werden. Wir haben schon einiges unternommen, aber wir überlegen, was Bodo machen würde.«

»Also darum geht es«, sagt Schmidt.

»Ja, sicher. Was hast du gedacht?«

»Ach, nichts von Bedeutung. Was habt ihr denn alles unternommen?«

»Wir haben ein paar kleinere Streitereien angezettelt. Bei unserer letzten großen Aktion ...«

»Tom«, wird er harsch unterbrochen, »halt dich zurück!«

Als Tom das nächste Mal zum Frische-Luft-Schnappen nach draußen ging, nutzte Schmidt die Gelegenheit, um mit ihm ein Gespräch zu führen.

»Was für eine Aktion habt ihr gemacht?«

»Eric hat bei einem Handballspiel zugeguckt und dabei den Typen gesehen, der unser liebes Geld irgendwelchen Ausländern in den Rachen schmeißt, anstatt es dem deutschen Volk zukommen zu lassen.«

»Tom, hilfst du eben kurz?«

Plötzlich steht Eric hinter Schmidt. Als Tom zum Helfen reingeht, sagt Eric zu Schmidt: »Ich weiß, dass du erkannt hast, dass Tom am gesprächigsten von uns ist. Aber ich warne dich! Tom ist ein guter Junge. Manchmal etwas naiv, aber zuverlässig. Wer zu Tom unehrlich ist, bekommt es mit mir zu tun! Er hat mir schon häufiger geholfen. Darum sollte jeder vorsichtig sein. Ich beobachte alles ganz genau und werde dafür sorgen, dass es ihm immer gut geht. Alles klar?«

Tom kommt wieder raus. Als Eric reingeht, spricht Schmidt Tom an: »Du bist gerade unterbrochen worden. Du wolltest erzählen, was ihr gemacht habt.«

»Du musst mir aber versprechen, dass keiner erfährt, dass du es von mir weißt«, sagt Tom. »Eric hat herausgefunden, was der Typ genau gemacht hat. Sie haben für die Ausländer extra eine Halle zur Verfügung gestellt, und er hat geholfen, sie auszustatten. Also Betten aufbauen und so weiter.« Als Tom das sagt, verzieht er sein Gesicht zu einer hässlichen Fratze, die seinen ganzen Ekel deutlich macht.

»Eric und ich haben dann die Halle angezündet. Das war ein Feuerchen! Besonders die Betten brannten herrlich. Leider konnten wir nicht lange zuschauen, da wir uns verstecken mussten. Sag ehrlich: Was soll man von so einem halten? Wahrscheinlich macht er es noch weiteren Ausländern bequem, damit sie sich in Deutschland wohl fühlen und ihre zehn Kinder nachholen, statt zu verschwinden. Anscheinend denken die Menschen, die solche Leute willkommen heißen, nicht nach. Ich meine, das sind Primitive, die im Dschungel mit wilden Tieren zusammenleben. Wer weiß schon, welche Krankheiten sie einschleppen? Bodo, sag doch auch mal was.«

»Ich ...«

»Einen Moment noch«, unterbricht ihn Tom. »Als ich auf dem Weg nach Hause war, ist mir der

Typ über den Weg gelaufen. Er hatte zwei Ein-
kaufstüten dabei. Damit ging er nach Hause. Ich
konnte ihm folgen, da wusste ich, wo er wohnt.
Als ich Eric davon erzählte, lachte er nur und
sagte, dass weiß er schon lange. Er ist sogar schon
bei ihm eingestiegen, um zu sehen, wie so einer
wohnt. Ich habe so eine Wut gehabt, dass ich etwas kaputt machen musste. Dann habe ich die
Fensterscheibe eingeschmissen. Verbunden mit
dem eindeutigen Hinweis zu verschwinden. Ich
meine, solche Typen brauchen wir nicht.«

Als Eric nach Hause kommt, geht er erst mal
duschen. Danach geht er ins Schlafzimmer und
öffnet den Schrank. Da hat er die Kiste versteckt.
Er hat alles Notwendige im Internet bekommen.
Erst wollte er Tom einweihen. Aber obwohl sein
Plan ziemlich gut ist, kann es immer Idioten geben, die für die falsche Sache sind. Und Tom ist
zu jung dafür.

Eric wirft nochmals einen Blick in die Kiste und
ist sehr zufrieden. Bald ist es so weit. Euer großer
Tag rückt näher. Er versteckt die Kiste wieder im
Schrank und geht ins Wohnzimmer. Da hat er
seinen Computer stehen, und ein super Baller-
spiel wartet auf ihn. Gerade als er es sich gemüt-
lich gemacht hat, klingelt es.

Vor der Haustür steht Schmidt. »Bodo, welche

Überraschung!«, sagt Eric. »Was führt dich hier-
her?«

»Ich hatte das Gefühl, du wolltest mir etwas erzählen, es fehlte aber die Ruhe.«

»Das stimmt, komm doch erst mal rein.«

Kommissar Schmidt betritt die Wohnung und
sieht sich um. Im Wohnzimmer sieht er zuerst
die übergroße Hakenkreuzfahne. Sie ist so an-
gebracht, dass jeder am Tisch sie sehen kann.
Dort steht ein Laptop, und Eric starrt darauf wie
hypnotisiert.

Schmidt stellt sich hinter Eric und schaut ihm
über die Schulter. Bilder aus der Wüste, anscheinend wurde ein riesiges Massaker angerichtet.

»Toll, oder? Es ist total realistisch. So als wäre
man vor Ort und knallt die Typen selber weg.«

Schmidt ist sprachlos.

In dem Moment macht Nielsen im Büro eine Ent-
deckung. Eric hat verblüffende Ähnlichkeit mit einem gesuchten Verbrecher. Damals hatte er noch
längere Haare. Aber es ist eindeutig: Eric hat in der
rechten Szene einen Unterschlupf gefunden. Bleibt
nur die Frage, ob Schmidt schon Bescheid weiß.

Zurück im Wohnzimmer. Eric sagt zu Schmidt:
»Warte hier.« Mit diesen Worten verlässt er den
Raum.

Als er wiederkommt, hat er ein großes Paket dabei. Er legt es auf den Tisch.

Als er es öffnet und auspackt, strahlt er. Eric legt den Inhalt auf den Tisch. Es handelt sich um ein Gewehr mit ziemlich viel Munition.

»Was sagst du?«, fragt Eric, und Bodo Meier antwortet: »Was hast du vor?«

»Der Staat hat Probleme, die Flüchtlingswelle in den Griff zu bekommen. Da will ich etwas helfen und ein paar Typen wegknallen.«

»Und du denkst, dadurch werden die Probleme geringer? Und überhaupt, wenn du jemanden erschossen hast, glaubst du, danach kannst du in aller Ruhe nach Hause gehen? Sie werden dich jagen und versuchen zu töten. Ist es das wert?«

Eric

Mittlerweile sind einige Jahre vergangen, seit Eric und Tom verhaftet wurden. Eric wurde zu einer langjährigen Haftstrafe verurteilt.

Zu Anfang besuchte Tom ihn noch regelmäßig. Dann wurde es aber immer weniger. Und außerdem übernimmt Eric aus dem Gefängnis weiterhin das Kommando. Tom erledigt die Handlangerarbeiten draußen. Da bleibt kaum Zeit für Besuche.

Heute ist einer der wenigen Tage, an denen Tom Eric besucht. Eric sagt: »Hast du alles erledigt? Du weißt, wie wichtig es ist.«

»Ja, natürlich. Es gibt aber ein Problem mit Island.«

»Inwiefern?«

»Sie wollen nicht mehr mitmachen.«

»Dann schick ihnen Andreas vorbei. Er soll sie überzeugen.«

»Mach ich. Und wie geht es dann weiter?«

»Es bleibt so, wie ursprünglich besprochen.«

»Brauchst du noch was?«

»Nein, ich besorge mir alles. Hast du eigentlich die gesamte Truppe auf deiner Seite?«

»Ja, klar. Und auch sonst jeden mit einer gesunden Einstellung.«

Andreas Koch ist schon seit Langem der Problemlöser. Er ist ziemlich groß, fast 1,90 Meter. Er hat eine Dachgeschosswohnung. Wenn er von seinem Bett aufsteht, stößt er sich jedes Mal den Kopf. Er verflucht seine Körpergröße und dass er so ungeschickt ist.

Den Rest des Tages ist er nicht so ungeschickt. Er muss heute etwas weiter fahren. Eine Entfernung, die er gerade noch allein zurücklegt. Für weitere Strecken hat er einen Beifahrer.

Nachdem er ausgiebig gefrühstückt hat, macht er sich auf den Weg. Er kommt neben dem Frühstück häufig zu keiner weiteren Mahlzeit. Darum ist das für ihn auch die wichtigste Mahlzeit.

Er kommt in dem kleinen Ort an. Er ist mit einem Sascha Bruns verabredet. Sie treffen sich in der Dorfkneipe.

Als er ihn sieht, wundert sich Andreas Koch. Er fragt sich, wie man so dick werden kann. Dann kommt die Bedienung und die Erklärung.

»Was möchten Sie essen?«

Sascha gibt eine umfangreiche Bestellung auf. »Ich möchte nur einen Kaffee«, sagt Andreas Koch. Hoffentlich platzt er nicht, denkt er.

Die Bedienung kommt und deckt den Tisch. Normalerweise hört man dann auf zu reden, aber nicht Sascha Bruns. Er redet sowieso sehr viel.

Andreas Koch wartet, bis sie allein sind. »Welches Problem gibt's denn?«, fragt er.

»Die Isländer wollen nicht mehr mitmachen. Als sie hörten, dass die Leitung im Gefängnis sitzt, wurde es ihnen zu heiß.«

Die Bedienung bringt den Kaffee. Andreas Koch schenkt sich ein, nimmt sich Milch dazu, packt den beiliegenden Keks aus und denkt: Verdammt, ich trinke zu viel Kaffee, und ich rauche zu viel.

Er hat die Erfahrung gemacht, dass eine Warnung oft genügt.

»Du solltest den Isländern sagen, dass es zu spät zum Aussteigen ist. Sie wissen zu viel. Sonst müssen wir jemanden vorbeischicken.«

Die Bedienung kommt und serviert das Essen. Andreas Koch liest auf dem Namensschild: »Es bedient Sie Rita«.

»Rita«, sagt er, »kann ich noch einen Kaffee haben?« Wenn er an die Magenschmerzen denkt, die er heute Abend haben wird, bekommt er schlagartig schlechte Laune.

Sascha Bruns erzählt, wie sie vorgehen werden und dass sie der Leitung, die hier in der Nähe wohnt, wahrscheinlich einen Feuerbesuch abstatten.

Als er das von sich gibt, ist gerade die Bedienung am Tisch. Aber Sascha Bruns ist so fixiert auf sein Essen, er bemerkt gar nicht, dass ihr fast die Augen rausfallen. Sehr zum Ärger von Andreas Koch. Er denkt: Mist, ich muss wieder die Drecksarbeit machen.

Die Bedienung geht auf die Personaltoilette. Andreas Koch geht hinterher. Als er wiederkommt, legt er 50 Euro auf den Tisch und sagt zu Sascha Bruns: »Du bist eingeladen. Wir gehen jetzt.«

Bruns: »Wo bleibt denn die Bedienung? Ich habe Hunger.«

Koch: »Die Bedienung kommt nicht mehr. Außerdem bist du satt.«

Mürrisch folgt Bruns Koch nach draußen. Sie setzen sich in ihre Autos und fahren in verschiedene Richtungen davon.

Als sie gerade den Parkplatz verlassen, kommt Rainer Wendt angefahren. Er ärgert sich, als er Andreas Koch davonfahren sieht. So ein Knallkopf, denkt er. Rast hier lang, als würde ihm die Straße gehören.

Rainer Wendt sitzt schon seit fünfzehn Minuten am Tisch und wartet auf die Bedienung. Als sie nicht kommt, steht er auf und sucht sie. Er sieht auch in die Personaltoilette nach. Es antwortet aber niemand. Als er gerade die Tür schließen will, sieht er ein Blutrinnsal unter der Kabinentür langlaufen. Er öffnet die Tür und findet die erstochene Bedienung.

Rainer Wendt ruft sofort die Polizei. Es kommt ein Kommissar Schmidt. Dass Rainer den obersten Chef Eric und seinen Gehilfen Tom kennt, weiß er nicht.

Er stellt Rainer Wendt einige Fragen: »Warum haben Sie in die Personaltoilette gesehen?«

Wendt antwortet: »Wenn Sie eine Viertelstunde auf die Bedienung gewartet hätten, hätten Sie sie auch gesucht.«

Schmidt: »Das stimmt. Haben Sie eigentlich jemand rausgehen sehen?«

Wendt: »Das nicht. Aber es ist jemand wie ein Irrer vom Parkplatz weggefahren. Es kann natürlich auch sein, dass derjenige warten musste und keine Bedienung kam.«

Schmidt: »Gut möglich. Danke erst mal.«

Als Schmidt im Büro ankommt, ruft er seine Kollegen von der Schutzpolizei. Sie sollen erfragen, wer vorher in der Kneipe war. Aber ihnen wurde die Arbeit abgenommen. Ihre Kollegen von der Streifenpolizei haben einen Sascha Bruns festgenommen, weil er mit völlig überhöhter Geschwindigkeit durch eine geschlossene Ortschaft gefahren war. Selbstverständlich war das kein Grund, jemand zu verhaften. Aber kurz bevor sie ihn anhielten, kam die Meldung über Funk, dass die Bedienung der ortsansässigen Kneipe erstochen wurde und die Person gesucht, die vom Parkplatz raste. Und als Sascha Bruns erzählte, wo er herkam, haben sie ihn verhaftet.

Auf dem Revier angekommen, spricht Kommissar Schmidt erst mal mit Sascha Bruns. Schmidt: »Was wollten Sie in der Kneipe?«

Bruns: »Ich war mit jemand verabredet.«

Schmidt: »Sie waren also nicht allein?«

Bruns: »Nein.«

Schmidt: »Und mit wem waren Sie verabredet?«

Bruns: »Das kann ich nicht sagen.«

Schmidt: »Kann oder will?«

Bruns: »Natürlich möchte ich Ihnen helfen.«

Schmidt: »Selbstverständlich. Ich lasse Sie jetzt allein, damit Sie nachdenken können. Vielleicht fällt Ihnen ja noch der Name ein.«

Bruns: »Haben Sie etwas zu essen ? Ich habe Hunger.«

Schmidt: »Warum haben Sie nicht was in der Kneipe bestellt?«

Bruns: »Das habe ich. Aber das war so wenig, das reicht nur für eine Pobacke.«

Schmidt denkt: So wie du aussiehst, glaub ich dir das.

Der Kommissar geht an seinen Schreibtisch und ruft die Akte von Sascha Bruns auf. Dabei stellt er fest, dass der schon mehrfach vorbestraft ist. Wegen Diebstahl, Waffenbesitz,

Hehlerei, diversen Gewalttaten. Außerdem ist Sascha Bruns der führende Kopf einer Gruppe von Neonazis. Kommissar Schmidt untersucht das Handy von Bruns. Dabei sieht er auch auf die Anruferliste. Der letzte Anruf erfolgte an einen Andreas Koch.

Zurück bei Sascha Bruns, fragt ihn Kommissar Schmidt: »Ist Ihnen mittlerweile der Name eingefallen?«

Bruns: »Leider nein.«

Schmidt: »War es vielleicht Andreas Koch?«

Bruns: »Ich bin mir nicht sicher.«

Schmidt: »Die Bedienung der Kneipe wurde erstochen. Wollen Sie wirklich die gesamte Schuld auf Ihre Schultern nehmen? Wir reden hier von lebenslänglich. Nie wieder Pommes, Currywurst oder Hamburger. Denken Sie nach!«

Bruns: »Wie war der Name noch mal?«

Schmidt: »Andreas Koch.«

Bruns: »Gut möglich.«

Kommissar Schmidt lässt Andreas Koch auf die Wache bringen und fragt ihn: »Was wollten Sie in der Kneipe?«

Koch: »Ich war verabredet.«

Schmidt: »Mit Sascha Bruns, richtig?«

Koch: »Wenn Sie es schon wissen, warum fragen Sie dann?«

Schmidt: »Und was war der Grund für Ihr

Treffen? Erzählen Sie jetzt bloß nicht, Sie sind befreundet. Wir wissen, dass Sie es nicht sind.«

Koch: »Wir mussten etwas besprechen.«

Schmidt: »Hat es damit zu tun, dass Sascha Bruns die Gruppe der Rechtsradikalen leitet? Alle geplanten Aktionen laufen von ihm aus«, blufft er.

Koch: »Sie meinen, was er mit seiner kleinen Ortsgruppe macht. Der oberste Chef ist Eric.«

»Sie meinen der Eric und der Tom? Ich verrate Ihnen ein Geheimnis: Ich bin gut mit denen befreundet«, behauptet Schmidt. »Wie geht es ihm?«

Koch: »Dann wissen Sie auch, dass Eric alle Ortsgruppen zu einer Aktion zusammenführt?« Koch hat das große Handicap, sehr gesprächig zu sein.

Schmidt: »Klar. Kommen wir zur Kneipe. Was ist da passiert?«

Koch: »Was meinen Sie?«

Schmidt: »Sascha Bruns behauptet, Sie hätten ohne Grund die Bedienung erstochen.«

Koch: »Ohne Grund ist ein Witz. Wenn er nicht so auf das Essen fixiert wäre, wäre das alles nicht passiert.«

Schmidt: »Sie haben also die Bedienung erstochen?«

Koch: »Ich hatte keine andere Wahl. Kann ich jetzt nach Hause?«

Schmidt: »Das glaube ich nicht.« Er räusperte sich: »Sie haben die Bedienung der Kneipe niedergestochen. Getötet haben Sie sie nicht.«

Koch: »Was meinen Sie damit?«

Schmidt: »Unsere Obduktion hat ergeben, dass die Bedienung nach dem ersten Messerstich noch lebte. Erst später wurde sie getötet.«

Kommissar Schmidt überlegt, was als Nächstes zu tun ist. Zunächst besucht er Rainer Wendt. Als er dort klingelt, öffnet Wendt in Socken und durchgeschwitzt die Tür. Im Hintergrund ist laute Musik zu hören.

Schmidt: »Ich habe noch ein paar Fragen. Passt das gerade?«

Wendt: »Natürlich.«

Schmidt: »Als Sie dort ankamen, was passierte dann?«

Wendt: »Ich bin auf den Parkplatz gefahren, und zwei Autos sind weggefahren.«

Schmidt: »Sonst ist nichts passiert?«

Wendt: »Wo Sie es sagen. Ein Wagen kam wieder.«

Schmidt: »Warum haben Sie das alles beobachten können, und haben Sie den Fahrer gesehen?«

Wendt: »Das nicht, aber den Fahrer würde ich sofort erkennen.«

Schmidt: »Warum?«

Wendt: »Ich habe im Wagen gesessen und eine SMS geschrieben, da stieg ein ziemlich dicker Mann aus dem Wagen.«

Schmidt: »Und was passierte dann?«

Wendt: »Kurze Zeit später kam er aus der Kneipe gelaufen, setzte sich in sein Auto und raste weg.«

Schmidt: »Und weiter?«

Wendt: »Ich bin in die Kneipe gegangen, und den Rest kennen Sie ja.« Schmidt: »Ich danke Ihnen.«

Kommissar Schmidt fuhr zurück ins Büro. Er verhörte erneut Sascha Bruns.

Schmidt: »Herr Bruns, als Sie die Kneipe zusammen mit Andreas Koch verlassen haben, sind Sie dann gleich weggefahren?«

Bruns: »Ja, natürlich.«

Schmidt: »Und obwohl die Portionen nur für eine Pobacke reichten, sind Sie nicht wiedergekommen, um noch was zu essen?«

Es folgte eine Denkpause, bei der man merkte, wie es in Sascha Bruns Kopf arbeitete.

»Ich bin noch zurückgefahren, um mir etwas zum Essen mitzunehmen. Weil ich es ziemlich eilig hatte, habe ich sofort die Bedienung gesucht.«

Schmidt: »Und was passierte dann?«

Bruns: »Ich habe sie verletzt auf der Personaltoilette gefunden.«

Schmidt: »Aber warum haben Sie sie dann erstochen?«

Bruns: »Die ganze Zeit hat mir Andreas Koch das Gefühl gegeben, dass ich außer essen nichts kann. Jetzt hatte ich endlich die Gelegenheit, mich zu beweisen.«

Früher

Er ging joggen wie jeden Morgen. Sein Hund, ein Bolonka Zwetna mit Namen Benny, musste sowieso raus. Dann konnte er auch gleich das eine mit dem anderen verbinden. Er war ein ziemlich großer Mann und Benny ein relativ kleiner Hund. Manche waren der Meinung, ein großer Hund würde besser zu ihm passen. Zum Beispiel ein Rottweiler oder Schäferhund wäre ein besserer Beschützer. Aber er ist der Meinung, dass er keinen Beschützer braucht. Und außerdem hatte er Benny gleich niedlich gefunden. Im Übrigen war er Single. Und ein niedlicher Hund war ungemein hilfreich.

Beim Laufen kam er beim Bäcker vorbei und entschied, sich zum Frühstück Brötchen zu holen. Und zum Kaffee Kuchen.

Als er zu Hause ankam, erwartete ihn schon seine Putzfrau. Er hatte seinen Wagen in der Einfahrt geparkt. Das kritisierte sie. Sie wollte, dass er in der Garage parkt. Dann könne sie in der Einfahrt parken und müsse ihr Auto nicht an die Straße stellen.

Er begrüßte sie und gab ihr den Wagenschlüssel. Benny lief ihr gleich schwanzwedelnd entgegen und begrüßte sie auch. Sie setzte sich hinters

Steuer, Benny sprang auf den Beifahrersitz und war fahrbereit.

Er blieb in der Haustür stehen und schaute zu, wie seine Putzfrau seinen Wagen startete. Es gab ein Klacken, dann stand der Innenraum in Flammen. Er blieb in der Tür stehen und sah zu, wie seine Putzfrau ihn mit geöffnetem Mund entsetzt ansah, bevor sie die Flammen verhüllten.

Er ging rein und legte den Kuchen auf den Tresen. Dann setzte er sich an den Tisch, schmierte sich ein Brötchen und schenkte sich Kaffee ein. Zu einem perfekten Frühstück fehlte nur noch die Zeitung. Er rief seine Putzfrau. Da kam ihm wieder die Erinnerung, seine Putzfrau würde ja nicht mehr kommen. Und Benny leider auch nicht.

Also frühstückte er heute ohne Zeitung. Er aß in Ruhe zu Ende, trank seinen Kaffee aus und nahm das Telefon. Er wählte die 110. »Guten Tag, Rohleder. Ich will einen Mord melden.«

Es kamen zwei Polizisten. Sie untersuchten den ausgebrannten Wagen und ließen die Leiche ins Leichenschauhaus bringen. Dabei stellten sie fest, dass es sich um einen Brandanschlag handelte.

Thomas Wegner war bekannt dafür, schnell brutal zu werden. Dass sich Alfred gerade bei ihm Geld geliehen hatte, war ziemlich dumm gewesen. Alfred setzte all sein Geld auf Rot. Das konnte er sich erlauben, denn er wusste, dass er heute gewinnen würde. Also alles auf Rot. Die Kugel fiel, und es kam SCHWARZ! Er starrte auf das Ergebnis. Jetzt hatte er ein Problem.

»Guten Tag, Herr Rohleder. Sie werden mich vielleicht nicht kennen. Wegner ist mein Name. Ich kümmere mich um das Wohl unserer besonderen Gäste. Ich habe gesehen, dass Sie ziemlich viel Geld verloren haben. Darf ich Sie zu einem Drink einladen? Wir sollten etwas besprechen.«

Alfred überlegte einen Moment. Dann entschied er sich dafür. Er hatte nichts zu verlieren.

Wegner kam gleich zur Sache. »Ich will Ihnen ein tolles Angebot machen. Ich stelle Ihnen sofort, sagen wir, 30.000 Euro zur Verfügung. Sie brauchen nichts weiter zu tun als zuzugreifen. Dann können Sie weiterspielen und brauchen nicht zu diesem Zeitpunkt aufzuhören. Denken Sie darüber nach. Dieses Angebot gilt nur heute.«

Alfred musste nur kurz nachdenken, um festzustellen, dass es die beste Möglichkeit war. Eigentlich gab es keine Alternative. Er ging zu Wegner.

»Was muss ich tun? Ich nehme Ihr Angebot an.«

»Sie brauchen nichts weiter zu tun, als hier zu unterschreiben. Damit bestätigen Sie, dass ich Ihnen das Geld geliehen habe. Sie können den gewünschten Betrag an der Kasse abholen. Er wird Ihnen direkt in Chips ausgezahlt«, sagte Wegner.

Alfred warf einen kurzen Blick auf das Schreiben. »Hier ist ja gar nicht vermerkt, wann und zu welchen Konditionen die Rückzahlung erfolgen soll?!«

»Das ist ein Darlehen unter Freunden. Sie wollen sich doch nicht mit solchem bürokratischen Kram beschäftigen?«

Alfred schien das in diesem Moment logisch. Außerdem lieh ihm doch ein Freund das Geld.

Er spielte noch einige Zeit weiter. Dann war auch dieses Geld weg.

Er ging zu Wegner. »Ich brauche noch weitere 15.000. Geht das?«

»Kein Problem«, sagte Wegner.

Alfred ging noch ein paarmal zu Wegner. Er hatte längst den Überblick verloren. Thomas Wegner war ein sehr solider Mensch.

Einmal war Wegner selbst ins Spielkasino gegangen. Als er alles Geld verspielt hatte, ging er nicht zum Bankautomaten, sondern lieh sich Geld zu einem horrenden Zinssatz von einem Geldverleiher vor Ort. Dadurch kam er auf die Idee, auf dem Weg selbst sein Geld zu verdienen. Allerdings hatte er selbst kaum Kapital, sodass er jemand Finanzstarkes brauchte. Er lernte viele

Leute kennen und knüpfte die entsprechenden Kontakte.

Schnell fand er jemand, der bereit war, ihm zu helfen. Auch lernte er ziemlich schnell, Menschen in Not zu erkennen.

Jetzt musste er sie nur noch ansprechen. Er versuchte, möglichst hohe Summen anzubieten, um solche Kleckerbeträge zu vermeiden.

Bei den ersten Kreditnehmern waren es nur kleine Beträge. Dann kam der erste größere. Und der erste nicht zahlungsfähige Kreditnehmer. Dabei hatte er dann auch die volle Härte des Geschäfts kennengelernt. Als er zu seinem Geldgeber ging, wurde ihm unmissverständlich klargemacht, dass er das Geld zurückzahlen müsse. Sonst bekomme er Besuch! Also stellte er einen Geldeintreiber an. Der hatte dann dafür gesorgt, dass er sein Geld bekam.

Es klingelte an der Haustür von Alfred Rohleder. Davor stand Thomas Wegner mit zwei Männern. Ohne abzuwarten, traten sie ein. Wegner führte Rohleder direkt in die Küche. Einer der beiden Männer ging ins Wohnzimmer, der andere ins Büro. Es drang ein ziemlicher Krach in die Küche. Wegner hielt seine Hand auf die Schulter von Rohleder und hinderte ihn so am Aufstehen.

»Es ist alles in Ordnung. Mach dir keine Sorgen.«

Einer der beiden Männer kam mit einem von Rohleders Ordnern zurück und gab ihn Wegner. Der schlug ihn auf warf einen Blick hinein. »Wie ich sehe, gehört dir das Haus schon lange nicht mehr. Du hast einige Darlehen auf dein Haus laufen. Wenn man noch die 120.000 Euro für mich dazuzählt, bist du eigentlich mein Mieter.«

»Moment«, sagte Rohleder, »so viel habe ich mir nicht geliehen.«

»Komisch«, meinte Wegner, »deine Unterschrift ist darunter.« Um dem Nachdruck zu geben, nahm er Rohleders Hand und brach ihm einen Finger.

»Aber ich bin ja kein Unmensch. Du kannst weiter in dem Haus wohnen bleiben, und in, sagen wir, einer Woche erklärst du mir, wie du das Geld zurückzahlen willst.«

Sabine Jensen arbeitete schon lange bei Alfred Rohleder. Vor einigen Jahren hatte sie im Lotto gewonnen. Seitdem musste sie eigentlich nicht mehr arbeiten, aber für Rohleder war sie weiterhin tätig. Er war auch der Einzige, der wusste, dass sie Geld hatte.

Als er sie angesprochen hatte, dass er 120.000 Euro brauche, um das Haus zu retten, stellte sie ihm den Betrag sofort zu einem extrem niedrigen Zinssatz zur Verfügung. Sie wollte auch gar nicht wissen, warum er das Geld benötigte. Sie war der Meinung, das gehe sie nichts an.

Als er das Geld hatte, war er der Überzeugung, dass er noch etwas gewinnen könnte, um das eine oder andere Darlehen zurückzuzahlen. Natürlich klappte das nicht. Letztlich musste er zu Wegner gehen und ihm sagen, dass er nicht das ganze Geld hatte.

Der stand jetzt vor der Frage, was er machen sollte. Einschüchtern klappte anscheinend nicht. Sicher, er konnte sich auf den Weg machen und das Leben Rohleders ruinieren. Aber dadurch bekäme er sein Geld auch nicht wieder. Im Gegenteil, es würde sogar schwerer.

Also machte er sich auf den Weg zu Timo Lange, seinem Geldgeber. Vielleicht hatte der noch eine Idee. Timo Lange war von Haus aus vermögend. Er hatte schon von seinem Vater das Unternehmen geerbt. Sie kauften Schulden an und trieben sie ein.

Als Thomas Wegner ihm von dem Problem mit Alfred Rohleder berichtete, war er nicht überrascht. Es handelte sich um einen besonders schweren Fall von Spielsucht.

Timo Lange versprach Wegner, sich um das Problem zu kümmern.

Eigentlich arbeitete er nicht mehr. Dafür hatte er ja solche Leute wie Wegner. Aber er wollte sein

Geld wiederhaben. Und außerdem ging es um seinen Ruf.

Kommissarin Elke Meyer hatte ein Ritual. Wenn sie morgens ins Büro kam, trank sie erst mal einen Kaffee und las sich die Akte durch.

Es ging um den Brandanschlag auf Sabine Jensen. Sie war ziemlich vermögend gewesen. Trotzdem hatte sie als Putzfrau bei Alfred Rohleder gearbeitet. Da würde die Kommissarin auch mit ihren Nachforschungen anfangen.

Als sie vor seiner Tür stand, öffnete ihr ein sehr gepflegter Mann. Über seine Spielgewohnheiten war sie schon informiert. Und wo er spielen ging. Sie bemerkte seine Verletzung. Darauf angesprochen, erzählte er, dass er sich an der Bohrmaschine verletzt habe.

Ganz zum Schluss fragte sie ihn: »Haben Sie eigentlich gewusst, dass Ihre Putzfrau Geld hat?«

»Nein«, sagte er.

Als Nächstes ging sie zum Spielkasino. Dort erfuhr sie, dass Rohleder ein ziemlich häufiger Gast war.

»Und was machen Sie mit solchen Leuten?«

»Was meinen Sie?«, wurde sie gefragt.

»Wie gehen Sie da vor?«

»Natürlich haben wir uns vorher informiert.

Dann bietet ihm ein Mitarbeiter von uns ein günstiges Darlehen an.«

»Kann ich mal diesen Mitarbeiter sprechen?«, fragte sie.

»Selbstverständlich, das ist der Herr Wegner, der sitzt da vorne«, bekam sie als Antwort.

»Herr Wegner? Meyer ist mein Name. Ich untersuche den Mordfall Jensen. Ich habe ein paar Fragen. Wie haben Sie eigentlich erfahren, dass Rohleder Geldprobleme hat?«

»Er hat ziemlich viel Geld verloren. Dann bekomme ich eine Benachrichtigung, dass ich ihm ein kurzfristiges Darlehen anbieten soll.«

»Und geht es dann auf Risiko des Kasinos?«

»Ich bin selbständig. Kassiere den Ertrag, trage aber auch das Risiko.«

»Darf ich Sie eben etwas fragen? Ich wollte schon immer wissen, wie das geht. Sie müssen ja ziemlich viel Geld haben?«

»Nein«, antwortete Thomas Wegner. Er ärgerte sich, dass er schon viel mehr erzählt hatte, als er wollte. Hoffentlich hatte sie nichts gemerkt.

»Und wer ist Ihr Geldgeber?«, fragte sie.

Mist, dachte er.

»Mein Geldgeber heißt Timo Lange.«

Elke Meyer fuhr zu Timo Lange. Schon dem Haus sah man an, dass er Geld hatte. Als sie klingelte, wurde sie von seiner Frau empfangen.

»Ich müsste Ihren Mann sprechen«, sagte Frau Meyer. »Kommen Sie rein und warten Sie eben.«

Elke Meyer betrat die Wohnung. Es sah alles nach Geld aus.

Timo Lange kam in einem legeren Sportanzug daher.

»Herr Lange, Meyer ist mein Name. Ich untersuche den Mordfall von Frau Jensen. Haben Sie sie eigentlich gekannt?«

»Nein«, sagte Timo Lange.

»Aber Herrn Rohleder?!«, fragte Elke Meyer.

»Auch nicht«, sagte Timo Lange.

»Aber Sie haben ihm doch Geld geliehen?«

»Herr Wegner leiht sich das Geld bei mir. Normalerweise weiß ich gar nicht, für wen es ist.«

»Was heißt normalerweise? In dem Fall schon?«

Timo Lange zögerte mit der Antwort. »Nein.«

Hier komme ich nicht weiter, dachte Elke Meyer. »Vielen Dank. Ich werde mich wieder bei Ihnen melden.«

Sie fuhr ins Büro und musste erst mal über das Gehörte nachdenken.

Anschließend wollte sie noch mal mit Herrn Wegner sprechen.

»Herr Wegner, ich habe noch eine Frage an Sie«, sagte Elke Meyer.

Thomas Wegner war ein sehr aufmerksamer Beobachter. Er sah, mit wem er es zu tun hatte.

»Als Sie sich das Geld von Herrn Lange besorgten, lief da alles normal?!«

»Getreu dem Motto: ›Jeder ist sich selbst am nächsten‹«, sagte Thomas Wegner. »Herr Lange hat darauf bestanden, sich selbst um die Schwierigkeiten mit der Rückzahlung zu kümmern.«

»Welche Schwierigkeiten?«

Thomas Wegner biss sich auf die Lippe. Er musste weniger reden.

»Herr Rohleder konnte die 120.000 Euro nicht zurückzahlen.«

»Und was haben Sie dann gemacht?«

»Normalerweise habe ich jemand zum Geldeintreiben, aber wie schon gesagt, Herr Lange wollte sich selbst darum kümmern.«

Elke Meyer hatte mittlerweile zwei weitere Kollegen als Unterstützung bekommen, Kai-Uwe Mertens und Jens Behrens. Sie setzte sich mit ihnen in Verbindung, und sie besprachen, dass die beiden Männer Rohleder besuchten und Elke Meyer Timo Lange.

Die beiden Polizisten klingelten bei Alfred Rohleder. Als er aufmachte, stellte Jens Behrens sich und Mertens als Kollegen von Frau Meyer vor. »Wir haben noch ein paar Fragen.«

»Kein Problem, kommen Sie rein«, sagte Rohleder.

»Warum haben Sie sich das Geld nicht bei Ihrer Putzfrau geliehen?«, fragte Jens Behrens.

Alfred Rohleder musste überlegen, was er erzählt hatte. Früher hatte sein Gedächtnis irgendwie besser funktioniert. »Ich wollte sie da nicht mit reinziehen.«

Die beiden Polizisten waren geschult in Verhörtaktik. Sie stellten kurz nacheinander Fragen. Am besten aus verschiedenen Richtungen, um so eventuelle Versprecher zu provozieren.

»Sie haben aber gewusst, dass Ihre Putzfrau vermögend ist?«

Und Rohleder dachte: So ein Mist, ich habe mich verplappert.

»Ja, schon.«

Jens Behrens fragte: »Woher haben Sie eigentlich Ihre Verletzung?«

»Ich habe mich an der Tür eingeklemmt«, antwortete Alfred Rohleder, ohne zu merken, wo er sich da reinritt.

Mertens: »Noch mal zu Ihrer Putzfrau. War sie schon lange bei Ihnen?«

Rohleder: »Einige Jahre.«

Mertens: »Dann gab es ein großes Vertrauen?« Rohleder: »Für sie schon.«

Mertens: »Heißt das, für Sie nicht?« Rohleder: »Nicht so wie für sie.«

Behrens: »Und trotzdem haben Sie sich Geld

von ihr geliehen? Ist das nicht etwas unmoralisch?«

Rohleder: »Für mich nicht. Und nachdem Wegner sich bei mir gezeigt hat, habe ich keine Wahl gehabt.« Inzwischen war Rohleder alles egal.

Mertens: »Was wollte Herr Wegner?«

Rohleder: »Er wollte sein Geld haben. Was denken Sie, woher ich die Verletzung habe? Jetzt muss ich Sie bitten zu gehen. Die neue Putzfrau stellt sich vor.«

Mertens: »Sie haben schon eine neue?«

Rohleder: »Was habe ich denn für eine Wahl?«

Behrens: »In gewisser Weise haben Sie echt Glück gehabt. Sie hätten ja auch den Wagen starten können.«

Rohleder: »Das stimmt. Aber ich habe ihn nicht gestartet.« Mertens: »Warum nicht?«

Rohleder: »Es gab keinen Grund.«

Behrens: »Noch eine Frage: Als Sie anriefen, haben Sie gleich von einem Mord gesprochen. Warum?«

Rohleder: »Weil ich nach dem Besuch von Wegner nicht überrascht war. Jetzt muss ich Sie aber bitten zu gehen.«

Vor der Tür riefen sie ihre Kollegin an und berichteten von den neuesten Erkenntnissen.

Bei Timo Lange klingelte es. An der Haustür standen zwei Männer. Timo Lange öffnete und bat sie herein.

»Was wollt ihr? Wir haben doch gesagt, ihr sollt euch vorläufig nicht melden, bis Gras über die Sache gewachsen ist.«

Einer der Männer antwortete: »Sie haben gesagt, wenn wir das erledigen, zahlen Sie uns eine Prämie. Die wollen wir jetzt einfordern.«

»Ich muss noch eben etwas erledigen«, sagte Timo Lange. »Danach melde ich mich wieder.«

Elke Meyer klingelte bei Timo Lange. Seine Frau öffnete und teilte ihr mit, dass er nicht zu Hause sei.

»Ich wollte sowieso mit Ihnen sprechen«, meinte die Kommissarin. »Können wir eben reingehen?«

»Ja, natürlich.«

»Ihr Mann unterdrückt Sie ziemlich, ist das richtig?«

»Mein Mann ist den ganzen Tag der Chef, auf den alle hören, da duldet er auch privat keine Widerworte.«

Meyer: »Bekommen Sie eigentlich mit, was Ihr Mann so macht?«

Lange: »Sie meinen, dass er eine Freundin hat? Oder dass er jemand beauftragt hat, Frau Jensen zu beseitigen?«

Meyer: »Würden Sie das auch schriftlich bestätigen?« Lange: »Natürlich.«

Inzwischen war Timo Lange wieder zu Hause.

Elke Meyer sagte: »Herr Lange, Sie sind verhaftet wegen Anstiftung zum Mord. Ihre Frau hat alles erzählt.«

Timo Lange zu seiner Frau: »Warum?«

Sie antwortete: »Ich habe immer zu dir gehalten. Bis du diese Bitch angeschleppt hast.«